Voulez-vous, mon cher ami,
m'envoyer les mœurs des
germains et la vie d'Homère.
Avez-vous le Testament de Louis XVI?
Je voudrais y prendre une note.
Faites-moi dire des nouvelles
de tout le monde. Venez bientôt
nous voir, et en attendant,
bonne amitié, adieu! ...

Chateaubriand

Tiré de la Collection de Mr. Charavay.

Paris, Ferd. Sartorius éditeur, 9 r. Mazarine   Imp Villain, 45 r. de Sèvres. Paris.

F. Legray sculp. d'après Girodet.   Imp. Gilquin et Dupain r. de la Calandre 19. Paris

CHATEAUBRIANT

Ferd. SARTORIUS. Edit. 9. rue Mazarine.

CHATEAUBRIAND

PAR

HIPPOLYTE CASTILLE.

———

PARIS

FERDINAND SARTORIUS, ÉDITEUR,

9, RUE MAZARINE, 9.

—

1857

PARIS

IMPRIMERIE DE L. TINTERLIN, ET Cⁱᵉ

ruo Neuve-des-Bons-Enfants, 3.

CHATEAUBRIAND.

« Hors en religion, je n'ai aucune croyance. Pasteur ou roi, qu'aurais-je fait de mon sceptre ou de ma houlette ? Je me serais également fatigué de la gloire et du génie, du travail et du loisir, de la prospérité et de l'infortune. Tout me lasse : je remorque avec peine mon ennui avec mes jours, et je vais partout, bâillant ma vie. »

CHATEAUBRIAND (*Mémoires d'Outre Tombe*).

A travers le drame de l'histoire, où tant de passions mauvaises attristent la pensée, on rencontre aussi de pures et nobles physionomies qui reposent l'esprit. Il semble alors que, voyageur fatigué d'errer dans les

rochers et les ronces, on arrive enfin au
sommet d'une montagne d'où le regard, conduit par des pentes molles et verdoyantes,
embrasse un calme paysage.

Telle est la physionomie de M. de Châteaubriand.

Et, comme dans les grands aspects de la
nature, une mélancolie secrète et pleine
d'un charme austère plane sur l'ensemble
de l'existence de cet homme illustre. Ne
porta-t-il pas, en effet, dans son cœur, toutes
les tristesses qui peuvent atteindre les plus
hautes de nos facultés affectives? Tristesses
religieuses et tristesses politiques.

Les grandes âmes seules connaissent ces
douleurs d'une nature supérieure, ces dé-
chirements profonds qui entraînent le cœur
dans un sens et la raison dans un autre.

M. de Châteaubriand, plus que tout autre
en ce siècle, a connu les émotions de cette
lutte intérieure. Il n'a pas été percé de ces
aiguillons aigus et de ces pointes amères
trempés de fiel et de vinaigre, que l'Envie et
le Soupçon plongent sans relâche dans les
rangs épais de la démocratie. Mais il a en-

tendu, dans le silence des nuits songeuses;
sa raison dire à sa foi : C'en est fait, le vieux
monde penche sur un abime,_ et l'ébranle-
ment qui doit l'y précipiter se fait sentir
dans ce qui fut sa base. Les derniers des
croyants errent dans les ténèbres comme
des voyageurs perdus au plus profond des
catacombes et dont la lampe s'est éteinte.
Ils sentent le sol manquer sous leurs pas et
le souffle de la Mort glacer leur visage.

Son cœur et ce sentiment du devoir qui
s'élève au-dessus de la raison elle-même,
l'attachaient à l'ancienne monarchie française : et son esprit lui disait clairement, l'a-
venir est à la démocratie.

Il essaya un instant de souder ceci à cela
et d'en faire un seul et même corps de principes, unissant les avantages de la stabilité
dans le pouvoir et du progrès dans les institutions. Mais rien n'est plus inconciliable
que les principes. La plus légère nuance qui
différencie à peine, aux yeux des foules, un
principe d'un autre, est, en réalité, un gouf-
fre infranchissable.

Les hommes qui se sont acharnés à cette

tâche chimérique y ont usé leur vie et ont fini par sortir de la lutte l'âme inondée de déceptions.

Les preuves vont en surgir à chaque trait de cette étude.

A Saint-Malo, rue des Juifs, non loin de la demeure où naquit M. de Lamennais, se trouve un vieil hôtel, qui est devenu de nos jours une simple hôtellerie. C'est là qu'est né, le 14 septembre 1768. François-René de Châteaubriand. Sa mère (Suzanne de Bedée), prise à la promenade des douleurs de l'enfantement, n'eut que le temps de regagner le logis et mit au monde, dans la cuisine, l'auteur d'*Atala* et de *René*.

Les mugissements de la mer, battant les écueils du Grand-Bé, se mêlèrent aux premiers vagissements de l'enfant. « Il n'y a pas de jours, écrivait-il quarante-deux ans plus tard, où, rêvant à ce que j'ai été, je ne revoie en pensée le rocher sur lequel je suis né, la chambre où ma mère m'infligea la vie, la tempête dont le bruit berça mon premier sommeil, le frère infortuné qui me donna un nom que j'ai presque toujours trainé dans le malheur. Le ciel sembla réunir ces diverses circonstances pour placer dans mon berceau une image de mes destinées. »

M. de Châteaubriand était le dernier de dix enfants. On le nommait le *chevalier*, et son père, homme dur, orgueilleux, taciturne, uniquement préoccupé de la noblesse de son nom, prédisait que le jeune René, à l'instar de tous les chevaliers de Châteaubriand, ne serait jamais qu'un fesse-lièvre, un ivrogne et un querelleur.

On le mit en nourrice, et trois ans après on le ramena à Saint-Malo. Son père venait de prendre possession du domaine de Combourg. On l'abandonna aux soins des gens.

Il grandit ainsi dans l'ignorance, polissonnant avec les gamins de la ville, déguenillé, sale et meurtri. « Ma figure était si étrange, dit-il, que ma mère, au milieu de sa colère, ne pouvait s'empêcher de rire et de s'écrier : « Qu'il est laid ! »

Élégant d'instinct, il raccommodait, la nuit, ses hardes avec l'aide d'une vieille gouvernante, *la Villeneuve*, dont il parle avec attendrissement.

La sévérité avec laquelle fut élevé M. de Chàteaubriand jeta sur son enfance une mélancolie qui se prolongea jusqu'à la dernière heure de sa vie.

Il est singulier que l'excès contraire amène quelquefois le même résultat. Combien les premières années de la vie influent sur l'ensemble d'une existence, et qu'il faut de prudence aux parents pénétrés de leur devoir! Procréer un pauvre être n'est pas un mérite dont on puisse se prévaloir auprès de lui. Il ne suffit pas d'être un géniteur pour mériter le nom de père.

Raconter, après M. de Châteaubriand, les détails d'intérieur de sa famille, ses jeux au bord de la mer, dans les rochers, ses batailles d'enfant, ses plaisirs et ses peines, serait faire une mauvaise image d'après un tableau de maître.

Conduit au château féodal de Combourg, dont son père vint prendre possession, M. de Chàteaubriand fut mis quinze jours après au collége de Dol. Il y apprit les mathémati-

ques et le latin. Ses facultés extraordinaires
se révélèrent dès ses premiers débuts et
étonnèrent ses professeurs.

Les vacances se passaient à Combourg,
où, par les visiteurs, apparurent à cette
jeune et ardente imagination les premières
aperceptions d'un autre monde que celui de
Dol et de Saint-Malo. Puis vinrent les années critiques de l'adolescence.

Cette grande tempête intérieure s'éleva,
comme il arrive souvent, au souffle d'une
pensée, ou, pour mieux préciser, à une lecture.

Ce fut *Horace*, je prie les personnes qui
s'occupent d'éducation, de noter ce fait, Horace non expurgé, et une histoire des *Confessions mal faites*, qui éveillèrent en lui les
premières idées de l'amour, avec les terreurs
de l'enfer qui s'y mêlent dans cet âge si
mal compris des hommes.

Quoique l'amour et la gloire commenças-
sent à remuer cette jeune âme, qui souffrit
tant pour la gloire et pour l'amour, l'écolier
dénichait encore des pies. Pour ce fait on
voulut lui donner le fouet. C'est ainsi que

l'adversité mesquine, ne vous laissant pas même la poésie dans le malheur, nous précipite misérablement des hauteurs que notre imagination avait gravies.

Il fallut livrer un combat à outrance pour échapper à la honte du fouet.

Il y a de pauvres esprits, et assurément de plus pauvres cœurs, qui rient de ces drames de l'enfance. Ceux-là n'imaginent pas, sans doute, que les plus grandes crises de la vie virile n'apportent ni plus d'émotions, ni de plus cuisantes douleurs.

Comme la plupart des enfants chez lesquels dominent les facultés poétiques, M. de Châteaubriand passa de ces premières affres de l'amour qui se révèle aux sens, à l'exaltation religieuse. Il avait douze ans. Il fit sa communion avec des sentiments d'extase ignorés de la plupart des enfants, mais que connaissent bien ceux d'entre nous, hommes, qui avons éprouvé les *malheurs* de l'enfance, et à qui la Providence a fait ce triste don d'une imagination vive et d'une sensibilité précoce.

Du collége de Dol, M. de Châteaubriand

fut envoyé à celui de Rennes, où les études étaient plus fortes. On lui donna le lit de Parny. Sa dévotion se ralentit à cette époque sans s'effacer tout à fait, et l'esprit des arts et des batailles prit possession de cette tête ouverte à tous les vents de la jeunesse.

M. de Châteaubriand, que l'on destinait à la marine, et qui eût fait, dit-il, un excellent officier sans son esprit d'indépendance, quitta bientôt Rennes pour se rendre à Brest, où il devait subir son premier examen de garde-marine. Le brevet d'aspirant n'était pas prêt. Il fallut attendre.

L'ennui l'envahit, un beau jour, pendant cette attente, et, sans avertir un oncle qui veillait sur lui, il partit pour Combourg, où il tomba comme un aérolithe. On lui fit assez bon accueil. Ayant déclaré qu'il voulait prendre la carrière ecclésiastique, ses parents l'envoyèrent achever ses humanités au collége de Dinan.

Il revint ensuite à Combourg et vécut dans un état d'incertitude.

Les hommes qui ont connu cette station dernière au foyer paternel avant le départ pour le grand voyage de la vie, savent le charme secret qui nous retient au logis, en même temps qu'une vague inquiétude, une curiosité immense, un besoin d'action indéterminé, nous appellent irrésistiblement au dehors.

Près de lui, au château féodal de Combourg, était la plus jeune de ses sœurs, Lucile, « une solitaire, avantagée de beauté, de génie, de malheurs. » Etait-ce l'image de cette sœur qui, dans les déserts de l'Amérique, poursuivait l'imagination souffrante de René ?

Mais non, l'amour ne saurait approcher de tant de vertu. Ce qui se passait alors dans l'âme de M. de Châteaubriand, c'était le rêve de l'amour.

« Je composai donc une femme de toutes les femmes que j'avais vues, dit-il ; elle avait la taille, les cheveux et le sourire de l'étrangère qui m'avait pressé contre son sein : je lui donnai les yeux de telle jeune fille du village, la fraîcheur de telle autre. Le portrait des grandes dames du temps de François Ier, de Henri IV et de Louis XIV, dont

le salon était orné, m'avaient fourni d'autres
traits, et j'avais dérobé des grâces jusqu'aux
tableaux des vierges suspendues dans les
églises. Cette charmeresse me suivait partout invisible, je m'entretenais avec elle
comme avec un être réel, elle variait au gré
de ma folie : Aphrodite sans voile, Diane,
vêtue d'azur, Thalie au masque riant, Hébé
à la coupe de la jeunesse, souvent elle deve-
nait une fée qui me soumettait la nature.
Sans cesse je retouchais ma toile ; j'enlevais
un appas à ma beauté pour le remplacer par
un autre. Je changeais aussi ses parures ;
j'en empruntais à tous les pays, à tous les
siècles, à tous les arts, à toutes les religions.
Puis, quand j'avais fait un chef-d'œuvre, j'é-
parpillais de nouveau mes dessins et mes
couleurs ; ma femme unique se transformait
en une multitude de femmes, dans lesquelles
j'idolâtrais séparément les charmes que j'a-
vais adorés réunis.»

Les pensées de suicide, compagnes ordi-
naires de ces rêves d'adolescent, eurent aussi
leur phase, et il essaya un jour de se tuer en
mettant dans sa bouche le canon de son fu-

sil chargé de trois balles. Mais heureusement le fusil ne partit pas et un garde survint.

Ces orages de l'esprit et des sens compri-
més finirent par se résoudre en une maladie
dangereuse.

Pressé de prendre un parti par sa mère,
M. de Châteaubriand demanda qu'on l'en-
voyât au Canada pour défricher des forêts.

Un beau matin, son père le fit entrer dans
son cabinet et lui dit : — « Monsieur le chevalier, il faut renoncer à vos folies. »

Et, lui remettant son épée, il lui donna sa
bénédiction et le mit en voiture en lui ap-
prenant qu'il avait un brevet de sous-lieute-
nant du régiment de Navarre, et qu'il fallait
rejoindre son corps dans la bonne ville de
Cambrai.

A Rennes, une modiste se rendant à Paris
le prit dans sa voiture, et il fit ce long trajet

Honteux comme un renard qu'une poule aurait pris.

La modiste, indignée, le déposa avec ses
bagages dans un petit hôtel de la rue du

Mail. « Donnez une chambre à ce monsieur,» dit-elle. Et elle s'enfuit.

Voici M. de Châteaubriand seul dans sa petite chambre au troisième étage, entendant gronder autour de lui cet océan parisien, profond comme l'abîme, immense comme le désert.

Le cœur serré, ne sachant comment *prendre langue* sur une terre étrangère, le jeune Breton, pensif, embarrassé, regrettait les grèves malouines et sa forêt de Combourg. Il ne savait à qui s'adresser pour demander les objets dont il avait besoin.

Son frère aîné, marié à mademoiselle de Malesherbes, et un sien cousin Moreau vinrent le tirer d'embarras et l'apatrier avec Paris. Quelques heures après, il se sentait serré dans les bras, les rubans, le bouquet de roses et les dentelles de sa sainte et élégante sœur Julie, alors dans tout l'éclat de sa beauté et de son esprit. Mme de Farcy était à Paris accidentellement.

Rien ne remet le cœur comme le baiser d'une bonne mère ou d'une sœur dévouée. Le lendemain, le jeune homme provincial dîna au Palais-Royal et fut conduit le soir par le cousin Moreau chez une dame de Chastonay, qui, voyant ce jeune Breton sauvage, inculte, lui tendit sa belle main en lui promettant de l'apprivoiser; ce qu'elle eût fait s'il n'eût été obligé de quitter Paris pour rejoindre son régiment à Cambrai.

Il y prit l'uniforme. Aimé de ses camarades, il menait dans cette garnison une vie assez agréable lorsqu'il apprit la mort subite de son père.

Ainsi se dispersait pour M. de Châteaubriand, ainsi se disperse pour tous, par la mort, par les alliances, ce groupe sacré de la famille si lent à construire, si promptement détruit.

Il alla revoir encore une fois sa chère Bretagne et son foyer bientôt désert. Et quand il eut embrassé ses parents et ses amis présents à ce rendez-vous funèbre, il revint à Paris rejoindre son frère aîné. Il y vécut quelque temps rêveur, dépaysé, aimant à s'enfoncer dans la solitude des foules, comme jadis dans la solitude des bois.

Quiconque est venu jeune ici, du fond

de sa province, apportant encore dans ses
cheveux la senteur des prés, dans les yeux
un reflet du ciel et de la mer, celui-là seul
a bien compris l'amertume du premier séjour à Paris, le mal de mer de la navigation
parisienne!

Son frère l'arracha à ses rêves et à ses
promenades solitaires, le promena à Versailles et le fit chasser avec le roi. Mais la
cour répugnait à sa timidité et il était plus
ambitieux d'insérer une idylle dans l'*Almanach des Muses*, que de monter dans les car-
rosses de Versailles.

Il rejoignit bientôt son régiment en garnison à Dieppe, retourna en Bretagne, et revint
à Paris avec ses deux sœurs Lucile et Julie.

Pendant ce nouveau séjour, il se lia avec
quelques hommes de lettres : Delille, La
Harpe, Parny, Guinguenné, Chamfort, dont
il dit du mal, Fontane, dont il parle avec af-
fection. L'*Almanach des Muses* inséra sa pre-
mière production poétique : *L'Amour de la
campagne*.

Dans les portraits que M. de Châteaubriand
fait des gens de lettres qu'il fréquentait, il est

aisé de voir que, s'il aima la littérature , il n'eut jamais grande tendresse pour les personnes qui la cultivent.

Ses jugements sur les hommes qui devaient jouer un si grand rôle dans la révolution ne sont pas moins sévères. Paris offrait alors le spectacle gigantesque d'une société en complète décomposition , et qui cherche à travers les convulsions de son agonie le principe constitutif de sa vie nouvelle. Aux débris du règne de Louis XV et de Louis XVI, se mêlaient des éléments nouveaux , inconnus, qui montaient à la surface de cette société singulière. A côté des derniers représentants de cette noblesse pourrie et philosophique qui assaisonna ses orgies des premières déclamations révolutionnaires , on , voyait surgir les géants de la bourgeoisie et du prolétariat

Il ne parait pas que cette époque extraordinaire ait été bien observée de M. de Châteaubriand. Il en comprit tout au plus certaines émotions. L'esprit réel lui en échappa.

Quoi qu'ait pu dire cet homme illustre de ses tendances républicaines, jamais les impressions de son enfance ne s'effacèrent de son esprit. Quelque raillerie qu'il mette dans ses discours lorsqu'il parle des prétentions aristocratiques de ses parents et amis, on sent qu'il est moins loin qu'il ne l'imagine de l'esprit oligarchique et féodal de son père. Il a été marqué comme une monnaie historique à l'effigie du moyen âge. En vain, les mœurs modernes, les habitudes littéraires, tous les précipités du monde nouveau auront recouvert l'ancien type devenu poli en apparence. Frottez-le, ramenez à la lumière sa surface dure et métallique, vous reverrez paraître la vieille et profonde empreinte du coin féodal.

Telle est, du reste, la destinée plus commune qu'on ne pense des gentilshommes qui, par leur intelligence et leur fierté, se détachent de la foule aristocratique attachée à la cour et à sa domesticité dorée. Ne pouvant se plier aux exigences surannées d'une monarchie dont ils savent le principe ruiné, trop grands seigneurs pour devenir peuple, épris pourtant de liberté par esprit d'indépendance, ils rêvent entre le roi et le peuple une sorte de fier patriciat qui n'est au total que le fief dépouillé de ses gothiques prérogatives. Gens du passé, gens sans présent et sans avenir, en France où l'homme des foules réunit souvent tous les sentiments de patriotisme, de chevalerie militaire, d'indépendance civile, que ces grands seigneurs déclassés croient être le privilége de leur race.

L'apparente impartialité de M. de Châteaubriand devant les premiers actes du drame révolutionnaire, prouve surabondamment qu'il est issu du privilége et trop loin du peuple pour comprendre le mystère de ces grandes expansions.

Il voit prendre la Bastille, et au lieu de tressaillir de joie à ce spectacle, au lieu de se sentir entraîné dans ce grand courant de sentiments humains, courageux, honnêtes, qui balaie le despotisme et l'iniquité sur son passage, il s'écrie :

« Au milieu de ces meurtres, on se livrait à des orgies, comme sous Othon et Vitellius. On promenait dans des fiacres les *Vainqueurs de la Bastille*, ivrognes heureux,

déclarés conquérants au cabaret ; des prostituées et des *sans-culottes* commençaient à
régner et leur faisaient escorte. Les passants
se découvraient avec le respect de la peur,
devant ces héros, dont quelques-uns mou-
rurent de fatigue au milieu de leur triomphe.
Les clefs de la Bastille se multiplièrent ; on
en envoya à tous les niais d'importance dans
les quatre parties du monde. Que de fois j'ai
manqué ma fortune ! Si, moi, spectateur, je
me fusse inscrit sur le registre des vainqueurs, j'aurais une pension aujourd'hui. »

· Il est étrange qu'en parlant de la prosti-
tuée mêlée au triomphe populaire et s'y pu-
rifiant, pour un quart d'heure, par une pensée
chrétienne de justice et de réparation, il est
étrange, dis-je, qu'en parlant de ce règne
d'un jour sur les ruines d'une prison in-
fâme, M. de Châteaubriand oublie les règnes
séculaires des prostituées du Louvre et de
Versailles, souillant successivement le trône
des rois, sans vergogne du peuple qui as-
sistait à ce spectacle.

Aussi, voyez comme un sentiment faux et
mauvais fait décheoir la plus haute pensée !

Voyez comment finit cette tirade. L'auteur
raille, sans doute, mais en parlant de pension, il n'exprime qu'une idée d'anti-
chambre.

« Si j'avais eu un fusil, dit-il plus loin, en
voyant passer les têtes de Foulon et de Ber-
thier, j'aurais tiré sur ces misérables. » Le
fusil de M. de Châteaubriand n'eût pas atteint
les vrais coupables. Les crimes individuels
du Palais-Royal ne peuvent figurer au passif
de la Révolution française.

Certains personnages de la Révolution
sont pourtant jugés d'un coup d'œil assez
juste. « Habile teneur de caisse, dit-il, en
parlant de M. Necker, mais économiste sans
expédient, écrivain noble, mais enflé ; hon-
nête homme mais sans haute vertu, le ban-
quier était un de ces anciens personnages
d'avant-scène qui disparaissent au lever de
la toile, après avoir expliqué la pièce au
public. »

Mirabeau est peint de main de maître,
avec amour et colère. Il est vrai que Mirabeau est un grand seigneur. Or, M. de Châteaubriand, un peu inconséquent, sans doute,

tout en niant que la Révolution fût un progrès, voulait que la jeune France dût ce progrès aux patriciens, comme l'ancienne France, disait-il, avait dû sa gloire à la noblesse française. Voici le premier trait de cette silhouette de Mirabeau :

« Mêlé par les désordres et les hasards de sa vie aux plus grands événements et à l'existence des repris de justice, des ravisseurs et des aventuriers, Mirabeau, tribun de l'aristocratie, député de la démocratie, avait du Gracchus et du Don Juan, du Catilina et du Guzman d'Alfarache, du Cardinal de Richelieu et du Cardinal de Retz, du roué de la régence et du sauvage de la Révolution ; il avait de plus du Mirabeau, famille florentine exilée, qui gardait quelque chose de ces palais armés et de ces grands factieux célébrés par le Dante ; famille naturalisée française, où l'esprit républicain du moyen âge de l'Italie et de l'esprit féodal de notre moyen âge se trouvaient réunis dans une succession d'hommes extraordinaires. »

C'est le premier trait. Cent autres suivent, et M. de Châteaubriand les enrichit de toutes

les éclatantes couleurs de sa palette. Voilà
pour le gentilhomme et le monarchiste. Sera-
t-il aussi généreux pour le bourgeois républicain ?

Lisez ces lignes tracées en sortant de la
salle du Manége : « A la fin d'une discussion
violente, je vis monter à la tribune un député d'un air commun, d'une figure grise et
inanimée, régulièrement coiffé, proprement
habillé comme le régisseur d'une bonne
maison ou comme un notaire de village
soigneux de sa personne. Il fit un rapport
long et ennuyeux ; on ne l'écouta pas ; je
demandai son nom : c'était Robespierre. »

Rien que cela pour cet homme qui fut un
gouvernement.

La mélancolie aristocratique de M. de Châteaubriand ne pouvait s'accommoder d'un
milieu tel que celui de la société française à
cette époque. Une tournure d'esprit comme
la sienne, toute à la contemplation de la nature et à je ne sais quel élégant dégoût de
la vie que nous avons signalé dans Ben-
jamin-Constant, que nous retrouverons de-
main dans lord Byron, dans Lamartine, et

qui paraît être un des traits caractéristiques des poëtes et gens de lettres grands seigneurs du dix-neuvième siècle, une âme détachée des choses terrestres, un peu bellâtre dans sa tristesse et ne daignant guères causer qu'avec la nature et Dieu, une telle âme, dis-je, n'avait rien à faire dans le mouvement de la Révolution.

M. de Châteaubriand préfère rêver sous l'ombre des bois ou sur le pont d'un navire, à l'être idéal qu'il nomme sa sylphide et qui, peut-être, le suit un peu trop longtemps dans la vie pour rester vraisemblable.

Au moment où tout ce qu'il y avait de jeune et de virtuel en France, donnait soit sur les champs de bataille, soit au forum, soit aux assemblées, sa vie au grand acte national de la Révolution française, M. de Châteaubriand prenait le parti de passer en Amérique. Son but était, disait-il, de découvrir un passage aux Indes par le nord-ouest du continent américain.

Muni d'une lettre de recommandation du marquis de la Rouërie pour Washington, il s'embarque à Saint-Malo, au début du printemps de 1791.

Il arriva deux mois après à Baltimore. De là il fit route pour Philadelphie. Il trouva Washington, sans gardes ni valets, dans une petite maison pareille aux maisons voisines. Une jeune servante lui ouvrit la porte. Elle introduisit le voyageur dans un parloir et le général entra peu d'instants après. M. de Châteaubriand lui expliqua son projet qui ne parut pas intéresser vivement Washington. Mais le jeune Français ayant trouvé quelques paroles agréables à l'adresse de l'illustre fondateur de la République des États-Unis, celui-ci l'invita à dîner.

En décrivant la physionomie de cet homme simple et véritablement grand, M. de Châteaubriand s'abandonne à un enthousiasme raisonné qui finit par un parallèle entre Washington et Bonaparte, où l'avantage ne reste pas à ce dernier. « Quelque chose de silencieux enveloppe les actions de Washington, dit-il; il agit avec lenteur, on dirait qu'il se sent chargé de la liberté de l'avenir et qu'il craint de la compromettre. Ce ne sont pas ses destinées que porte ce héros d'une nouvelle espèce : ce sont celles de son pays ; il ne se permet pas de jouer ce qui ne lui appartient pas ; mais de cette profonde humilité quelle lumière va jaillir ! »

Une pensée naît inévitablement à la lecture de ces lignes ; c'est le peu de logique de l'auteur, dans les idées comme dans les sentiments. A l'aspect de la simplicité de Robespierre, il s'écrie : « Les gens à souliers étaient prêts à sortir des salons, et déjà les sabots heurtaient la porte. »

De quelle prose M. de Châteaubriand n'eût pas accommodé le pauvre Robespierre, si, lui rendant visite, une servante eût ouvert l'huis de son modeste logis ! Pourquoi admirer si fort à Philadelphie ce qu'on méprise si souverainement à Paris ? Et que signifie ce raisonnement de sabots et de souliers, tout au plus convenable dans la bouche d'un talon rouge ?

M. de Châteaubriand continua son voyage par New-York et Boston. Il visita la cataracte de Niagara et dut cette bonne fortune de voir l'homme primitif ou l'homme déchu,

selon que l'on adopte la théorie de M. de
Maistre ou celle de Jean-Jacques Rousseau.
Il trouva les Iroquois en train de danser au
son du violon d'un cuisinier français.

Quelques épisodes de ce voyage sont inté-
ressants et d'une meilleure littérature qu'*A-
tala et Chactas*. Le style de cette époque a
bien vieilli. Il est difficile aujourd'hui de lire
de simples impressions de touristes, dans
une prose où la lune s'appelle invariable-
ment la *Reine des nuits*, le soleil *blond
Phœbus* ou *roi du jour*.

Mais quand, par bonheur, le grand écrivain
oublie les tours surannés de la phraséologie
de son temps, on retrouve en lui un vrai
peintre de la nature. Parlant de deux Flori-
diennes qui lui ont servi de modèle pour
Atala et *Céluta*, « il y avait, dit-il, quelque
chose d'indéfinissable dans ce visage ovale,
dans ce teint ombré que l'on croyait voir à
travers une fumée orangée, dans ces yeux
si longs, à demi cachés sous le voile de deux
paupières satinées qui s'entr'ouvraient avec
lenteur; enfin, dans la double séduction de
l'Indienne et de l'Espagnole. »

Ce fut au fond de ces solitudes du Nouveau-Monde que M. de Châteaubriand apprit par un lambeau de journal anglais, la fuite de Louis XVI, le retour de Varennes, et la formation d'une armée d'émigrés, sous les ordres du prince de Condé. Changeant aussitôt de résolution, il prit le parti de rentrer en France.

Le 2 janvier 1792 il débarqua au Havre. Son premier soin fut d'aller rejoindre sa mère à Saint-Malo. Il trouva ses affaires en fort mauvais état. Pour raccommoder sa fortune on lui proposa d'épouser la fille d'un chevalier de Saint-Louis, M. de Lavigne. On évaluait la fortune de la jeune personne à cinq ou six cent mille francs. Mademoiselle de Lavigne « était blanche, délicate, mince et fort jolie ; elle laissait pendre comme un enfant ses beaux cheveux naturellement bouclés. »

Le mariage eut lieu, et la dot s'évanouit parce qu'elle consistait en revenus sur des biens du clergé.

M. de Châteaubriand revint à Paris.

La révolution, à travers mille périls et au

milieu même des excès inséparables de tant
de passions déchaînées, continuait sa mar-
che. N'en comprenant ni la grandeur, ni les
destinées, le jeune voyageur la jugea en
homme qui revient du Niagara.

Il prit alors le parti d'aller à l'armée de
Condé, seul crime politique qu'on puisse reprocher à sa longue carrière. Cette faute
grave prenait d'ailleurs sa source dans d'ho-
norables sentiments fourvoyés.

Les hommes qui portèrent les armes contre
la France virent la patrie dans le roi, erreur
préparée par quatorze siècles de principes
monarchiques. Aveuglés par cette fiction, ils
devinrent parricides. M. de Châteaubriand
avait l'âme trop haute pour s'abuser com-
plétement sur la portée d'un pareil acte. Il
en convient lui-même en racontant la mar-
che de l'armée de Condé sur Thionville.
« J'éprouvais, dit-il, un serrement de cœur
lorsqu'arrivés, par un jour sombre, en vue
des bois qui bordaient l'horizon, on nous dit
que ces bois étaient en France. Passer en
armes la frontière de mon pays me fit un
effet que je ne puis rendre. J'eus comme

une espèce de révélation de l'avenir, d'autant que je ne partageais aucune des illusions de nos camarades, ni relativement à la cause qu'ils soutenaient, ni pour le triomphe dont ils se berçaient; j'étais là comme Falkland dans l'armée de Charles Ier. »

Une observation qui n'échappera pas à la sagacité du lecteur, c'est qu'en étudiant M. de Châteaubriand on finit par se trouver fort embarrassé de savoir dans quel parti le placer et à quel ordre d'idées le rattacher. Oserais-je me permettre d'ajouter que plusieurs poëtes célèbres qui ont, en France, traversé les affaires publiques, offrent le même caractère vague et fluctuant? Serait-ce une des conséquences de l'état poétique? Et Platon, du fond de l'antiquité grecque, aurait-il, de son regard profond, entrevu une des misères de l'Europe moderne, Europe folle de romans et de vers, lorsqu'il apprend aux citoyens la nécessité de conduire poliment les poëtes hors de sa république imaginaire, c'est-à-dire hors des conseils, des assemblées et de l'État?

M. de Châteaubriand avait emprunté dix

mille francs pour quitter la France. Mais,
ayant rencontré un sien ami grand joueur,
il se laissa entraîner et perdit tout, sauf
quinze cents francs qu'il oublia dans un
fiacre et qu'il eut bien de la peine à retrouver. Cet argent, qui devait pourvoir à de
mauvais desseins, glissait de ses mains
comme une eau fuyarde.

Il arriva en triste équipage à ce camp de
vieillards et de jeunes nobles débauchés,
camp de l'indiscipline et de l'inégalité, où le
soldat manquait souvent de pain et d'abri,
tandis que l'état-major, nageant dans l'or et
l'insolence, ripaillait sans pudeur au nez
des pauvres gentilshommes et des bourgeois
imbéciles qui s'étaient jetés dans cette armée de courtisans.

Éreinté, mal vêtu, mal armé, crachant le
sang, M. de Châteaubriand reçut un éclat de
bombe devant Thionville et gagna la gale et
la petite vérole. Il traversa les Ardennes en
boitant, ramassé tantôt dans un fossé et jeté
dans une charrette, tantôt soigné par quelque pauvre femme.

On le trouva un jour évanoui, et, les fourgons du prince de Ligne venant à passer dans la forêt, on le prit comme un colis jusqu'à Namur. Les femmes lui furent encore secourables dans cette ville. Mais les hôteliers de Bruxelles, le voyant ainsi déguenillé, gangrené, purulant, le chassèrent de porte en porte. « Je frappais, dit-il, on m'ouvrait ; en m'apercevant, on disait : « — Passez ! « passez ! » et l'on me fermait la porte au nez. On me chassa d'un café. Mes cheveux pendaient sur mon visage, masqué par ma barbe et mes moustaches ; j'avais la cuisse entourée d'un torchis de foin ; par dessus mon uniforme en loques, je portais la couverture de laine des Namuriennes, nouée à mon cou en guise de manteau. Le mendiant de l'*Odyssée* était plus insolent mais pas si pauvre que moi. »

Son frère heureusement survint et le reconnut. Il le mit chez un perruquier, lui donna vingt-cinq louis et l'embarqua pour Jersey.

A Guernesey, on crut qu'il allait trépasser et on le mit à terre, sur le port, au soleil. Une bonne femme de pilote lui donna un lit et des draps blancs. Il put le lendemain arriver à Jersey, où, après plusieurs mois de maladie, il se rétablit et gagna l'Angleterre.

Il arriva à Londres en 1793. Pauvre, sans autre ami qu'un pauvre cousin, il alla loger dans un grenier de Holborn. Sa santé déclinait de jour en jour, et les médecins prédisaient à cet homme, d'une si longue et si illustre carrière, une courte existence. Courte, cette existence eût été obscure.

Résigné à mourir, il écrivit avec le calme misanthropique de la tombe, un livre inconnu intitulé *Essai historique*. Sa foi religieuse, qui s'est ravivée plus tard, était alors presque éteinte en lui. Il faisait des traductions pour vivre. Mais ce commerce n'est pas meilleur à Londres qu'à Paris, et, comme sur un navire en détresse, il fallut, pour ne pas mourir, diminuer la ration.

Ceci le conduisit à un état indéfinissable, une nourriture d'eau chaude, de suçotteries de plumes et de papier, avec une imagination gargantuesque, dévorant au passage les charcuteries, boucheries et boulangeries. L'orgueil est souvent pour quelque chose dans ces extrémités. M. de Châteaubriand, qui n'avait pas eu trop de honte à porter les armes contre la France, eût rougi de recevoir du gouvernement anglais le shelling de l'émigré.

En 1800, quand Bonaparté permit aux émigrés de rentrèr en France, M. de Châteaubriand revint à Paris. Il fallait un privilége pour publier un journal. M. de Fontanès et lui obtinrent ce privilége et publièrent le *Mercure*. *Atala* y fut inséré.

Atala, il faut-le dire, plus jeune en date, a pourtant beaucoup plus vieilli que *Paul et Virginie*. Et *Daphnis et Chloé*, leur type païen, leur survivra à tous deux. Le génie humain, borné comme l'homme même, ne fait qu'exécuter des variations infinies sur un thème éternel. Mais, dans l'histoire des peuples, il est une heure propice, un moment de conjonction favorable, où les belles-lettres éclosent avec une richesse et un éclat qui ne se retrouvent plus. Athènes sous Périclès, Rome sous Auguste, la France sous Louis XIV, l'ont attesté. Ajoutons, en outre, que les grands types originairement exprimés par l'antiquité, ôtent aux modernes la libre allure et la naïveté des premiers écrivains qui essayèrent de retracer nos caractères et nos passions.

Les modernes ont marqué du signe chrétien ces conceptions surannées. Les littératures se tiennent comme les cosmogonies. Il est aisé de voir que si le plan général de l'univers se retrouve sous les mythes qui enveloppent l'esprit des religions, le plan général de l'homme forme le fond de toutes les littératures. De sorte que, tout peuple arrivé à sa période littéraire, tirant d'un modèle unique le dessin de ses compositions, aura son avare, son prodigue, sa courtisane amoureuse, son OEdipe ou son Hamlet, son Achille ou son Cid. Les influences circonstancielles de date, de religion, de gouvernement, de mœurs, modifieront seules le type primitif.

Atala n'était qu'une vieille histoire écrite dans un style semé de grandes beautés, mais dont la pompe et l'affectation seraient aujourd'hui pénibles. Sur ce vieux thème, tant de fois repris, de l'amour naïf et adolescent de deux enfants qui s'ignorent, M. de Châteaubriand avait répandu les nuances mélancoliques et graves du Christianisme. Le sentiment religieux, chrétien, catholique même, planait sur cet amour au désert.

Or, comme on sortait des impiétés du dix-huitième siècle, cet appel au sentiment religieux parut une nouveauté. La France est une vieille Pénélope qui, depuis soixante ans, fait et défait sans cesse le même ouvrage. Elle s'imagine faire œuvre nouvelle en reprenant d'anciens errements. *Atala* eut toute la saveur et tous les succès d'un fruit exotique, M. de Châteaubriand devint célèbre comme on le devient ici : en une semaine.

Le *Génie du Christianisme*, qu'il publia peu de temps après, mit le comble à sa réputation. Il devint à la mode. Les femmes s'en mêlèrent. Il n'y a pas ici de succès complet sans elles. « J'étais enseveli, dit M. de Châteaubriand, sous un amas de billets parfumés; si ces billets n'étaient aujourd'hui des billets de grand'mère, je serais embarrassé de raconter avec une modestie convenable comment on se disputait un mot de ma

main, comment on ramassait une enveloppe
suscrite par moi, et comment, avec rougeur,
on la cachait en baissant la tête sous le voile
tombant d'une longue chevelure, »

Le Premier Consul désira voir M. de Châteaubriand. Il le vit dans les salons de Lu-
cien, vint à lui, et, sans préliminaires, lui
parla de l'Égypte, des Arabes, des idéolo-
gues et du Christianisme.

Peu de temps après cette entrevue, ma-
dame Bacciochi, causant avec M. de Châteaubriand, lui parla de la place de premier se-
crétaire de l'ambassade de France à Rome.
Le cardinal Fesch, oncle de Napoléon, allait
partir pour cette ambassade. L'auteur du
Génie du Christianisme était un premier se-
crétaire heureusement choisi dans une pareille circonstance. M. de Châteaubriand hé-
sita et finit par accepter sur le conseil de
l'abbé Emery, supérieur du séminaire de
Saint-Sulpice. L'Église est plus habile que
les partis.

A Rome, où il fit un assez court séjour,
M. de Châteaubriand eut le malheur de per-
dre une amie pour laquelle il éprouvait un

attachement sans bornes, Mme de Beaumont, fille de M. de Monmorin. L'âme déchirée, dégoûté des petites tracasseries diplomatiques qui le troublaient dans sa douleur, M. de Châteaubriand alla chercher un peu de repos à Naples, et revint à Paris en 1804.

Nommé ministre plénipotentiaire dans le Valais, il se disposait à se rendre à son poste, lorsqu'eut lieu l'exécution de l'infortuné duc d'Enghien, fusillé dans les fossés des fortifications du château de Vincennes. M. de Châteaubriand conçut un si vif ressentiment de cet acte sévère, qu'il envoya aussitôt sa démission. M. de Talleyrand garda cette démission courageuse pendant plusieurs jours. Lorsqu'il en parla à l'Empereur, celui-ci dit : « C'est bon. » Il n'en fut plus question. Mme Bacciochi trembla un instant pour M. de Châteaubriand. Elle s'intéressait sincèrement à l'illustre écrivain.

Un fait à noter, c'est que les Bourbons n'adressèrent jamais à M. de Châteaubriand le moindre remerciment d'un acte aussi honorable. Charles X s'en souvint seulement à Prague, au château de Hradschin, après la perte de sa couronne.

Retiré dans un petit hôtel de la rue de Miromesnil, M. de Châteaubriand reprit ses occupations et ses rêveries littéraires. L'année suivante, il dut quitter la rue de Miromesnil et se réfugier dans l'attique de l'hôtel de Mme de Coislin, une vieille marquise de la cour de Louis XV, et aussi originale dans son genre que Mme Cornuel. C'est Mme de Coislin qui, voyant dans une feuille l'annonce de la mort de plusieurs monarques, s'écria :

« Il y a une épizootie sur les bêtes à couronne. »

La passion des voyages vint de nouveau assaillir M. de Châteaubriand dans sa solitude. Il partit le 14 juillet 1806, passa par Venise, traversa l'Adriatique, visita le Péloponèse, passa à Chypre, et alla bientôt s'agenouiller à Jérusalem, au pied du Saint-Sépulcre. Il s'embarqua ensuite pour l'Égypte, remonta le cours du Nil, visita le Caire, Memphis, les Pyramides, et de Tunis fit voile pour l'Espagne.

Le 5 mai 1807, il rentrait en France et allait s'ensevelir sous les ombrages de la vallée aux Loups, non loin de ce charmant pays d'Aulnay, où l'on oublierait volontiers le reste du monde. C'est là que, recueilli dans ses souvenirs, il écrivit l'*Itinéraire* et les *Martyrs*.

Le *Mercure* fut supprimé pendant cette même année 1807, à la suite d'un article dans lequel on remarquait ce passage :

« Lorsque, dans le silence de l'abjection, l'on n'entend plus retentir que la chaîne de l'esclave et la voix du délateur ; lorsque tout tremble devant le tyran et qu'il est aussi dangereux d'encourir sa faveur que de mériter sa disgrâce, l'historien paraît chargé de la vengeance des peuples. C'est en vain que Néron prospère, Tacite est déjà né dans l'Empire, et déjà l'intègre Providence a livré à un enfant obscur la gloire du maître du monde. Si le rôle de l'historien est beau, il est souvent dangereux ; mais il est des autels, comme celui de l'honneur, qui, bien qu'abandonnés, réclament encore des sacrifices ; le Dieu n'est point anéanti parce que le temple est désert. »

La rigueur des lois qui pesaient alors sur la presse avait enfanté une *opposition allusionnelle*. L'esprit public s'emparait de tout ce qui pouvait ressembler à une intention. Qu'on parlât des Grecs, des Romains ou des Carthaginois, il était bien entendu qu'il ne fallait prendre ces masques antiques que pour des personnifications contemporaines. L'administration, obligée, de son côté, par la voix du maître, à étouffer tout germe d'opposition partout où il pouvait se rencontrer, se faisait devineresse de charades, et frappait à l'instar du chasseur qui, voyant remuer une feuille ou une touffe d'herbe, tire au *juger*.

Mais le chasseur qui se livre à cet exercice risque de tuer un chrétien au lieu d'un loup. De sorte que, l'Administration frappant autant d'innocents que de coupables, mettait le peuple entier en opposition contre le souverain, et préparait ce dissolvant des gouvernements qu'on nomme la désaffection.

L'entrée de M. de Châteaubriand à l'Insti-

tut fut pour lui l'occasion de recommencer
cette guerre allusionnelle. Il succédait à
Chénier. En flétrissant la doctrine du régi-
cide, il disposa son discours de telle sorte
que chacun songeait plus au duc d'Enghien
qu'à Louis XVI.

Cependant les années s'écoulaient. L'Empire mûrissait, et le Grand Homme, aux
prises avec la destinée déchaînée contre lui,
se précipitait dans cette voie du malheur
où chaque pas devient une catastrophe.

Quand Louis XVIII rentra en France,
M. de Châteaubriand écrivit une brochure
fameuse intitulée : *Bonaparte et les Bourbons.*
Cet opuscule est, avec sa campagne dans l'armée de Condé, une tache dans sa belle existence. Ministre d'État auprès de Louis XVIII
à Gand pendant les Cent-Jours, il put enten-
dre, le 18 juin 1815, parmi les plaines où il
était allé promener son anxiété, le canon de
Waterloo sonner le glas de la patrie égorgée
par l'étranger.

On sait quelle panique s'empara de ces
hommes qui allaient revenir à la suite de
l'étranger. Mais l'équivoque ne fut pas de

longue durée. Et bientôt Louis XVIII remontait sur le trône de ses pères entre Talleyrand et Fouché.

Les illusions de M. de Châteaubriand tombèrent. Questionné par Louis XVIII sur ce qu'il pensait de l'avenir, il demanda la permission de se taire. Le roi insista.

« — Sire, dit-il, je ne fais qu'obéir à vos ordres, pardonnez à ma fidélité ; je crois la monarchie finie.

« — Eh bien ! monsieur de Châteaubriand, je suis de votre avis. »

Fallait-il donc ameuter les rois contre la France, et massacrer la patrie pour une monarchie perdue !

En lisant les volumineux Mémoires de M. de Châteaubriand, on est frappé d'un fait, c'est que, malgré sa haine contre Napoléon, dès que cette existence s'est emparée de son imagination, elle ne lâche plus sa proie. Au lieu de raconter ses propres faits et gestes, l'autobiographe s'oublie lui-même. L'épopée napoléonienne emporte ce poëte dans son vol, comme ferait l'aigle d'un petit oiseau.

L'aigle l'emporte à travers les mers jusqu'à ce rocher perdu au milieu de l'Océan, où il devait expirer loin des champs de bataille, dans une solitude proportionnée à sa grandeur.

Voilà que, sans y songer, dans son récit, M. de Châteaubriand, le soldat de l'armée de Condé, l'auteur de cette brochure qui, au dire de Louis XVIII, « valait une armée, » quitte la cour et les Bourbons. Ce qui se passe à Sainte-Hélène l'absorbe, l'envahit. Il ne pourra s'éloigner de ce lieu funèbre que lorsqu'un quadruple cercueil aura renfermé cette dépouille héroïque, et que la pierre du tombeau se sera refermée sur le cercueil.

Et, en terminant cette contemplation, il s'écrie :

« La paix que n'avaient pas conclue avec lui les rois, ses geôliers, il l'avait faite avec moi. J'étais un fils de la mer comme lui ; ma nativité était du rocher comme la sienne. »

Erreur d'orgueil adoucie par la pitié. Ce n'es pas une réconciliation, c'est la simple servitude qui enchaîne tout poëte à ces grands acteurs. Dès que le vent souffle, les harpes éoliennes gémissent. Dès qu'apparaissent ces acteurs gigantesques dont les pas mesurent des mondes, tous les oiseaux du bocage, tous les poëtes, sont forcés de chanter. L'hymne jaillit de leur gosier. Justement impersonnel, le poëte n'est que la voix du chœur de l'humanité alternant avec les personnages du drame.

Jusqu'en 1815, l'existence de M. de Châteaubriand emprunte à la Révolution, à l'Empire, un intérêt particulier. On marchait alors d'aventures en aventures. Toutes les existences individuelles, si obscures qu'elles soient, empruntent aux événements qu'elles traversèrent alors, un genre d'intérêt dramatique qui n'existe plus à dater de 1815.

Dès cette époque, en effet, M. de Châteaubriand, écrivant la *Monarchie selon la Charte*, le *Congrès de Vérone*, etc., siégeant à la Chambre des pairs, devenant orateur, après avoir si dédaigneusement parlé des claquedents de tribune, journaliste au *Conservateur* et plus tard au *Journal des Débats*, ambassadeur à Berlin, à Londres, à Rome, ministre des affaires étrangères, M. de Châteaubriand, dis-je, dans cette lutte vulgaire, ne se distingue pas d'une manière éclatante de ce qui l'environne. La condition est pour beaucoup dans nos gloires ou dans notre obscurité.

Dans un milieu parlementaire, toute la puissance dont un homme est susceptible s'épuise en combinaisons ministérielles, en coalitions, en discours, en articles de journaux et en brochures. La guerre des portefeuilles devient inévitable. Luttes mesquines, dans lesquelles la vanité humaine joue, hélas, un rôle considérable.

Au début de la seconde Restauration, M. de Châteaubriand, qui s'accuse bien humblement de bêtise pour avoir pris intérêt à M. de Talleyrand à Gand, tombe tout à coup dans un excès contraire. Oubliant que la politique n'est autre chose qu'une perpétuelle transaction entre les partis, les opinions et les intérêts, entre le présent et le passé, il tombait dans un exclusivisme effréné.

Vouloir écarter tout ce qui, depuis 1789, avait pris part aux affaires publiques et accepter l'œuvre de la Révolution, était à la fois une inconséquence et une impossibilité.

Telle fut l'origine de la lutte de M. de Châteaubriand contre le ministère Decazes, à qui les pieds glissèrent dans le sang, selon l'expression de l'auteur des *Martyrs*. On voit qu'au contact de la politique sa muse s'était singulièrement aigrie.

Grâce aux réclamations des gens qui se montraient plus royalistes que le roi, les mesures contre la presse et la liberté individuelle redoublèrent de sévérité. Les déclamations libérales des royalistes contre les rigueurs du régime impérial aboutissaient, dans la pratique, au même résultat. Les furieuses invectives contre les hommes de la République et les excès de la Révolution se traduisaient en une *terreur blanche*, la pire de toutes, car elle fut inutile et ne fut compensée ni par l'éclat de nos armes, ni par l'abolition des priviléges, ni par le cortége d'institutions qui ont ouvert pour le pays une ère imparfaite, sans doute, mais plus équitable et plus conforme au génie égalitaire du peuple français.

M. de Châteaubriand, effrayé lui-même de ces excès, revint à d'anciennes doctrines et lutta contre cette réaction extrême. Quel vague! Quelle incertitude! Que de contradictions dans les actes de la vie publique !

La politique de M. de Châteaubriand au congrès de Vérone, où il représentait la France, fut très-favorable aux Grecs. Les inclinations des légitimistes, en matière de politique extérieure, sont généralement empreintes d'un sentiment de droiture remarquable. Nous aurons, en parlant de la Grèce, occasion d'exposer la situation telle qu'elle se présentait au congrès de Vérone, et de remettre en lumière le généreux plaidoyer de M. de Châteaubriand.

Appelé à remplacer M. de Montmorency, M. de Châteaubriand en sortit le 6 juin 1824, pour faire place à M. de Villèle qui le jalousait. Son renvoi eut lieu sèchement. Il entra aussitôt dans l'opposition. « L'idée que j'avais du gouvernement représentatif, dit-il, me conduisit à entrer dans l'opposition ; l'opposition systématique me semble la seule propre à ce gouvernement ; l'opposition surnommée de *conscience* est impuissante. »

Telles étaient les subtilités du temps. M. de

Châteaubriand donne de cette opposition de *conscience* une définition aussi curieuse à lire aujourd'hui qu'une inscription grecque sur un monument du temps de Périclès. Le danger de cet arbitrage intérieur des faits, est de laisser aux ambitieux des moyens de capitulation, et aux niais l'occasion de flatter et de se tromper. « Alors, dit-il, tel député prend sa bêtise pour sa conscience et la met dans l'urne. » On n'a rien dit de plus raffiné en matière d'amour à l'hôtel de Rambouillet. Les politiques de la Restauration ont poussé jusqu'au précieux le langage des affaires.

Destitué en 1816, comme ministre d'État; destitué en 1824, comme ministre des affaires étrangères, M. de Châteaubriand, « chassé, a-t-il dit, comme un valet qui aurait volé la montre du Roi sur la cheminée, » devint, dans le *Journal des Débats*, où il s'était fortifié, le plus terrible adversaire du ministère Villèle.

Rien n'ébranle les trônes comme ces querelles de ministres.

La mort de Louis XVIII, et plus tard le

ministère Martignac, ralentirent un peu l'opposition systématique de M. de Châteaubriand.

Sa popularité avait grandi à ces luttes. « Après ma chute, dit-il, je devins le dominateur avoué de l'opinion. Ceux qui m'avaient accusé d'avoir commis une faute irréparable en reprenant la plume, étaient obligés de reconnaître que je m'étais formé un empire plus puissant que le premier. La jeune France était passée tout entière de mon côté et ne m'a pas quitté depuis. Dans plusieurs classes industrielles, les ouvriers étaient à mes ordres, et je ne pouvais plus faire un pas dans les rues sans être entouré. D'où venait cette popularité? De ce que j'avais connu le véritable esprit de la France. » M. de Châteaubriand se trompe ici. Il s'attribue ce qui, en réalité, n'est autre chose que l'adoration des Français pour les types constitués dans les lettres, les arts et la guerre.

Quant à l'ambassade à Rome, sous le ministère Martignac, elle est toute remplie du souvenir de Mme Récamier.

Après Mme de Beaumont, Mme Récamier est la personne qui a occupé le plus de place dans la pensée de M. de Châteaubriand.

En relisant les confidences d'outre-tombe de cet homme d'État poëte, on est souvent étonné des préoccupations qui l'agitaient au milieu de son existence politique. Un paysage, un livre, une amie, un souvenir envahissaient son imagination, qui, au milieu des affaires, oubliait toujours de fermer la porte aux sentiments et aux pensers qui voltigeaient sans cesse sur le seuil afin d'entrer au logis.

Lui-même en convient gaiement, lorsqu'il raconte qu'un soir, étant ministre de Louis XVIII, il passa plusieurs heures avec Talma à refaire quelques vers de l'*Hamlet* de Ducis interdits par la censure. Le ministre et le comédien rimant à l'envi, retournaient en tous sens l'hémistiche malencontreux, « donnant au diable la censure et toutes les grandeurs du monde. »

La correspondance avec Mme Récamier formerait plus d'un volume. Le ton en est d'une réserve extrème sous le laisser-aller des confidences. C'est un miroir où se reflète bien cette petite société de l'Abbaye-aux-Bois, qui vaut une étude dans cette galerie de médaillons et cette table des matières de l'histoire et de la politique au dix-neuvième siècle.

Les lettres de M. de Châteaubriand sont pleines de coquetteries funèbres. Il a, comme Benjamin Constant, marché toute la vie avec l'idée de la mort. Mais, chez Benjamin Constant, l'idée de la mort se ressent de la sécheresse philosophique du dix-huitième siècle. L'auteur d'*Adolphe* n'est pas un désillusionné de l'espèce sentimentale enfantée par *Werther*. Il y a un monde entre *Adolphe* et *Werther*, un autre monde entre ceux-ci et *René*.

Toutes ces lettres sont remplies de je ne sais quelle volupté mystique empruntée au catholicisme. La galanterie, l'amour des beaux-arts, l'exquise délicatesse des sentiments, la tendresse, la chevalerie, tout, jusqu'à la médisance et à la méchanceté, passant par cette étamine religieuse, en revêt une physionomie véritablement distinguée, d'une distinction *sui generis*. Ce fut un microcosme de quinze ou vingt personnes d'élite, placé en dehors du monde, et, dans son isolement, exerçant sur lui une influence qui vient à peine de s'éteindre.

Ce qu'on cherche à reconstruire aujourd'hui, dans deux ou trois salons que je ne veux pas nommer; n'est qu'une pâle caricature de cette discrète compagnie.

Je sais bien que l'existence de ces personnes, examinée d'un œil froid, dépouillée de cette fantasmagorie charmante qu'elles eurent l'art d'élever comme un nuage autour d'elles, comme un voile entre le public et la misère des réalités humaines, je sais bien que tout cela ne supporterait pas le regard d'un juge exempt de faiblesses et ayant parcouru la vie prosaïquement dans la ligne du devoir. Les amours et les amitiés de ce petit groupe ne vaudraient guères mieux alors que les concubinages et les liaisons d'une poignée de bourgeois insoumis, d'étudiants ou d'artistes. Mais, à Dieu ne plaise que j'ôte à ces philosophes du portique chrétien, à ces acteurs illustres et charmants qui parlèrent un si beau langage, le voile à demi transparent dont il leur a plu de s'envelopper.

Contemplons-les tels qu'il leur convint de se montrer à nous. Combien, d'ailleurs, sont-ils supérieurs à ces groupes semi-politiques, semi-littéraires, que nous voyons s'assembler aujourd'hui autour du cotillon dé tel ou tel bas-bleu de mauvaises mœurs ! A côté de ces petits foyers qui ont pour dieux lares l'Intrigue et l'Amour-propre, ces compagnies élégantes du commencement du dix-neuvième siècle, telles que Mᵐᵉ de Staël et Mᵐᵉ Récamier en surent former, deviennent respectables.

Mais, ô foyer d'une prude femme, foyer illustre et modeste de Mᵐᵉ Roland, où te retrouver aujourd'hui, pour abriter le groupe de la vraie philosophie, de la démocratie sincère et de la vertu domestique !

M. de Châteaubriand quitta Rome le 16 mai 1829. « C'est à Rome que je voudrais mourir, disait-il en partant. En échange d'une petite vie j'aurais du moins une grande sépulture jusqu'au jour où j'irai remplir mon

cénotaphe dans le sable qui m'a vu naître.
Adieu; j'ai déjà fait plusieurs lieues vers
vous. »

A peine à Paris, les pieds lui brûlent, et
le voilà parti pour les Pyrénées, afin de prendre les eaux de Cauterets. Un soir, qu'il poé-
tisait au bord du Gave, voilà qu'une jeune
femme s'élance vers lui. Elle lui écrivait depuis deux ans sans qu'il la connût. L'enfant
s'évanouit. Il fut obligé de la reporter dans
ses bras. « Je me serais volontiers caché de
vergogne parmi les ours nos voisins, dit-il
agréablement. J'étais loin de me dire ce que
se disait Montaigne : « L'amour me rendroit
« la vigilance, la sobriété, la grâce, le soin
« de ma personne... » Mon pauvre Michel, tu
dis des choses charmantes; mais à notre âge,
vois-tu, l'amour ne nous rend pas ce que tu
supposes ici. » Ceci ressemble à cette tape
qu'une main bourgeoise frappe sur l'ignoble
ventre de son compère en l'accompagnant
du mot : Farceur! J'en suis bien fâché, monsieur le vicomte; mais tout le vice de votre
école se trahit à ce mot, tandis que la mâle

franchise de Michel Montaigne resplendit en son lustre.

En vérité, à quoi bon reprocher à Rousseau ses pleines confessions amoureuses, pour nous faire sans cesse des demi-confidences où la fatuité, j'ai regret à le dire, perce malgré l'esprit qu'on met à la rendre supportable.

Au retour de cette excursion sentimentale, M. de Châteaubriand, sentant bien que le ministère Polignac porterait bientôt la main sur les principes qui lui furent toujours chers et qui resteront l'honneur de sa longue carrière, donna sa démission. Dans l'entrevue qui eut lieu à propos de cette démission entre lui et le ministre des affaires étrangères, le prince de Polignac lui fit l'effet « d'un muet éminemment propre à étrangler un empire. »

Je ne sais où M. de Châteaubriand s'écrie : « Je ne pardonne point à mes ennemis, je ne leur fais aucun mal ; je suis rancunier et ne suis point vindicatif. » Je le crois bien. Après de pareils coups de dague, que resterait-il pour la vengeance ?

La Révolution de Juillet survint l'année suivante. La popularité de M. de Châteaubriand avait grandi par sa retraite. Le 28, passant près du Louvre, il est reconnu par la jeunesse. On s'empare de lui, on l'enlève au cri de « Vive Châteaubriand! vive la liberté de la presse! vive la Charte! » Il répondait : « Vive le roi! » Et tout allait bien. La France, en matière de gloire, n'a pas d'opinion et s'empare d'autorité de tout ce qui peut mettre une fleur de plus à sa boutonnière.

La présence à la Chambre des pairs de M. de Châteaubriand empêcha, dit-il, « les douces effusions de la peur, la tendre consternation à laquelle on se livrait. » Que de fiel et de malice dans ce peu de mots! Et ceux-ci : « M. le duc d'Orléans avait eu, sa vie durant, pour le trône, ce penchant que toute âme bien née sent pour le pouvoir. » Plus loin, la colère s'en mêle et l'esprit se gâte.

Cependant, la fin de la carrière politique de M. de Châteaubriand approchait. Il l'acheva comme il l'avait commencée, par une preuve de fidélité chevaleresque à la cause des Bourbons. « Le 7 août, dit-il, est un jour mémorable pour moi... C'est celui où j'ai eu le bonheur de terminer ma carrière politique comme je l'avais commencée ; bonheur assez rare aujourd'hui pour qu'on puisse s'en réjouir. »

Quand la séance s'ouvrit à la Chambre des pairs, par la lecture de la déclaration de la Chambre des députés concernant la vacance au trône, M. de Châteaubriand, considérant de sa place ses collègues affairés ou abattus, songeait que la pairie était devenue « le réceptacle des corruptions de l'ancienne monarchie, de la République et de l'Empire. » Il monta à la tribune après cette lecture et prononça un discours dans lequel il protestait, au nom du droit divin, contre le droit de la force, ne demandant plus d'autre droit que d'aller mourir partout où il trouverait indépendance et repos.

Ce langage était juste en ce qui concerne le droit de la force, droit trop flagrant à cette installation de la monarchie de Juillet, mais

obscur en face du droit du peuple, dont
M. de Châteaubriand ne disait rien.

Sa démission suivit ce noble discours et
il l'accompagna d'une renonciation à douze
mille francs de pension viagère, ne voulant
point prêter serment au duc d'Orléans comme
roi des Français.

Il vécut dès lors dans cette mystérieuse
retraite de Marie-Thérèse, où s'assembla
sans bruit un cénacle comme on n'en re-
verra pas de longtemps. Ces fruits exquis et
rares semblent des produits d'un ordre de
choses tout rempli de sacrifices. Les jardi-
niers qui veulent obtenir d'un espalier quelque produit exceptionnel, sacrifient toutes
les promesses du bourgeon au profit du fruit
privilégié. Il fallait peut-être des millions de
misérables pour qu'une société comme celle
de Versailles, sous Louis XIV, pût exister,
et qu'une Sévigné florît comme une plante
rare venue en serre-chaude.

De Marie-Thérèse, M. de Châteaubriand
alla, sur la fin de sa vie, habiter rue du
Bac, dans un appartement de plain-pied
avec le beau jardin des Missions.

Ses dernières années furent remplies par la pensée de sa sépulture, caressée depuis si longtemps. « Toute notre vie, a-t-il dit, se passe à errer autour d'une tombe. »

Il touchait enfin à ce but auquel nous tendons depuis le berceau. La municipalité de Saint-Malo lui avait fait don de ce rocher du Grand-Bé, où ses cendres reposent aujourd'hui, bercées au bruit de l'Océan. Ce rocher, qu'il avait tant de fois contemplé dans son enfance, fut l'objet de sa plus chère ambition. Sa mère s'y était reposée alors qu'elle rentrait au logis, prise du mal qui devait faire naître un poëte.

Dans ce pieux silence des Missions, le nom de Châteaubriand semblait s'éteindre. La France était pleine du tumulte d'une révolution nouvelle. Le droit de la force venait de tomber sous le droit du peuple. Les malédictions des fidèles de 1830 venaient de se réaliser. Déjà même, de nouvelles discordes agitaient ce forum parisien, plein de vagues et de tempêtes comme l'Océan, lorsque nous apprîmes la mort de M. de Châteaubriand.

On y fit à peine attention. Nous n'étions

pas cinquante à sa messe funèbre. Ainsi va le monde.

La Presse publia sans succès ses *Mémoires d'outre-tombe*, le meilleur de ses ouvrages, peut-être, parce qu'il y a dans l'autobiographie une puissance secrète comme dans ce *je* si mal compris de Pascal.

L'autobiographie, en Angleterre et en Amérique, ou si l'on veut même la fiction établie sur le pronom personnel, a enfanté des miracles de puissance, de vérité, d'intuition.

Quant aux Mémoires de M. de Châteaubriand, pleins de malices posthumes, ils ne brillent pas autrement par la franchise. On y trouve beaucoup de colère contre Voltaire, Bonaparte et Rousseau; mais les *Confessions* de Jean-Jacques resteront toujours bien supérieures à celles de l'élégant saint Augustin de l'Abbaye-aux-Bois.

Celles de Rousseau peignent l'homme, celles de M. de Châteaubriand le gentilhomme.

Cette esquisse, faite d'après le dessin du

màitre, est-elle ressemblante de tous points? Ce n'est pas moi qui me permettrais de l'affirmer.

J'ai, depuis quelques années, entrepris quelquefois de parler un langage sincère. — Mais je me suis aperçu que la vérité était un vin trop fort pour le public français, et j'ai dû me résigner à mettre de l'eau dans cette généreuse liqueur.

Je ne parle pas contre mon sentiment, mais je ne dis pas tout ce que je pense. En politique, les hommes ressemblent à ce que sont les femmes sur l'article de la beauté. La pire offense que l'on puisse leur faire. c'est de leur présenter, d'une main sérieuse, un franc miroir.

J'avais élevé dans mon cœur un autel à cette vérité robuste et nue qu'adoraient les anciens, que la Renaissance remit en honneur, mais qu'à dater du siècle de Louis XIV les Français commencèrent à vêtir d'étrange sorte. Et depuis, leur honte devant la nudité de la chaste pucelle n'a prouvé que leur infamie et leur énervement.

Les naïfs et les forts peuvent encore échanger des paroles d'un autre temps, mais on se ferait lapider si l'on voulait revenir au viril parler des anciens jours.

FIN.

www.ingramcontent.com/pod-product-compliance
Lightning Source LLC
Chambersburg PA
CBHW060809180626

46818CB00002B/773